夜空穿透傷

Night Sky with Exit Wounds

王鷗行

Ocean Vuong

何穎怡・譯

鴻鴻・審訂

代序

迷失歸途的情欲之旅

鴻鴻

二〇一六年，二十八歲的王鷗行交出了他的首本詩集《夜空穿透傷》，立即連獲大獎，包括詩界桂冠「T·S·艾略特獎」。三年後他的自傳體小說《此生，你我皆短暫燦爛》出版，引起更多熱烈迴響。中文讀者卻是先讀到小說譯本，詩集才問世，或許是更幸福的——因為這兩本書像是鏡像的雙生子，詩集中許多越南故鄉的細節、許多歷史事件的痕跡、許多身體與身體的遭遇，在小說中均有更豐富的脈絡交代。讀過小說再讀詩集，感覺座標明晰，意象主從分明，彷彿手持一把解讀的鑰匙——這些詩幾乎均可嵌入小說當中，成為一體；但獨立觀之，卻也自成珠玉。

教導非虛構寫作的李·古特金德（Lee Gutkind）曾大膽界定：「詩（通常）也是創意非虛構作品。」此語最佳佐證，大約便是王鷗行。他的詩奠基於個人歷史與真實經驗，訴說越南父母與祖父母輩的戰爭往事、移民美國的適應過程、以及身為同性戀者的孤獨與啟蒙，句句擲地有聲，不作誑語。

戰爭、移民、同志，可以說是這本詩集的三大主題，然而都透過唯一的管道訴說：身體。這也是王鷗行的詩最迷人的地方——充滿感官的激情，令所有斷裂的碎片聯結鎔鑄。越南女孩如何在戰亂中淪為妓女，和摧毀她家園的美國大兵相遇；父親如何進入母親「蘭」而孕育了「我」；母親移民美國後如何以美甲維生；詩人如何在年少時與愛玩槍的男孩互相性啟蒙……這些情節都透過強烈的感官書寫刻記下來，而且相互複印，平行交疊個人身體史與家族流離史。例如〈特洛伊〉一詩寫屠城，卻同步重影少年穿洋裝旋舞的情潮：「這是一匹人臉／馬。腹內全為刃／與獸。」

王鷗行筆下的戰爭剪影，筆力萬鈞，「人行道上的飛彈影子逐漸加大，好像上帝在我們的上方彈奏空氣鋼琴。」宛如策蘭〈死亡賦格〉寫「空中的墳墓」般令人悚慄。這些未必是親身經歷，他卻視為亞裔詩人責無旁貸的任務：迫使西方讀者正視被他們迫害的受難者歷史，一如特洛伊的詩人起身反駁荷馬。他不惜動用希臘史詩，將越戰描寫為一場現代的特洛伊之戰，以及用戰後漂流十載無法歸鄉的奧德賽，來寫親子的離散，令西方讀者感同身受。

王鷗行的父母在抵美後離異，從此父親缺席，無法彌補的離散痛苦，須靠另一種方式療傷。尋父與尋找另一名能夠託付身心的男子，於是成為詩人二而為一的渴求。因此全書序詩〈門檻〉即以凝視父親的裸體出發，驚心動魄，一如他後來在小說中的告白：「我第一次看到男性裸體，他看似永恆不滅。那是我的父親下班換衣服。我很想抹掉這個回憶。但是所謂永恆就是無法收回。」緊接著的一首〈鐵雷馬庫斯〉則以奧德賽之子拖父親出水面的行動，來刻畫他與父親的重逢。可見神話賦予悲慘現實以價值，也為個人混亂徬徨的生命下定義。王鷗行擅長組織個人經驗成為新的神話之冰山一角，熠熠發光：「他的仿冒勞力士，數星期後／將因掌摑她的臉而碎裂，現在微閃／於她的髮後如迷你小月亮。」過去與未來、愛與暴力，在這短短幾行間犬牙交錯，展現神話才有的痛苦張力。

不過一路讀下去，讀者會發現戰亂恐怕只是背景，一趟迷失返回之路的成長旅途，才是此書真正核心。他寫情欲與身體，幾乎每一句都熾燙灼穿紙頁：「你的手指／穿過我的頭髮——我的頭髮是一團野火。」「這是我們相愛的方式：舌上的刀刃變成／舌頭。」他甚至引用美國連續殺人犯，也身為同志的傑佛瑞・達莫，他將受害者分屍後的身體留置家中：「唯一的動機始終是／盡可能保留他們，儘管／只是保留一部分。」來表達卑微的戀情中絕望的佔有欲。

經歷過備受霸凌的移民童年，王鷗行也以強烈的代入感為弱者發聲。〈地球七層〉緣起德州一對同志伴侶在家中遭縱火而亡，全詩只有七個阿拉伯數字，在電子書中是黑底白字，彷如暗夜明星，游標點入，詩才以註釋的型態浮現。這七層世界，既是火獄，也是天堂：「再跟我說一次／麻雀飛離淪亡羅馬城的故事，／以及牠們燃燒的翅膀。」美麗、哀惋、憤怒，都在這個精練的意象中流露。然而，在全書卷末的〈奉獻〉中，他又自嘲：「如果我的翅膀燃燒——那／又怎樣。我／並未要求飛翔。」

自我肯認是如此困難。唯有愛與欲求，能讓孤獨的個體產生意義。小說中描寫他和男孩崔佛的初戀：「生平第一次，這具漸乾的身體是被欲求與想望的。」所以很多人的第一本詩集都是情詩。說穿了，王鷗行亦然。然而，身為二十一世紀的亞裔酷兒，這身分未被賦予特權，卻讓他有置之死地而後生的覺悟。那些晃蕩著情欲的詩句，勇敢、飽滿、正視自身的絕望與虛無，幾乎都是搏命得來。

這是一本療傷之詩，卻訴說了整個越南民族、整個同志族群、以及一個獨特的男孩的傷之痛切無可療癒，只能透過書寫銘記。過去的傷痛，「就像槍管瞄準天空，必須壓縮／子彈／才能讓它發聲」。發聲或許是唯一方法，傾聽則是讀者的責任。〈總有一天我會愛上王鷗行〉道出接受自己的不易。「別害怕。／路的盡頭是如此遙遠／它已在我們身後。」像是安慰自己也安慰讀者，不要緊，經過這些，我們還可以走下去。「夜的射入傷／會造成晨曉那麼大的洞嗎。」或許不會，但當子彈穿透夜空，透過更大的射出傷，只要傷得夠大、夠久、夠痛，就能連結過去與未來，那裡有夢，也有晨曦。

本文作者為詩人，劇場及電影編導。曾獲吳三連文藝獎。著有詩集《跳浪》、《暴民之歌》等九種、散文、小說、劇本等。創辦《衛生紙+》詩刊。擔任臺北詩歌節及人權藝術生活節之策展人，並主持黑眼睛文化及黑眼睛跨劇團。

目錄

tặng mẹ (và ba tôi)

獻給我的母親（和父親）

被筆勾掉的山水
在這裡重現

——北島

門檻
i

身體的一切都有代價，
　我是乞求者。雙膝落地，
透過鑰匙洞窺視，看的
　不是男人洗澡，而是雨
流過他：吉他弦
　拍擊他的圓形肩頭。
他在唱歌，因此
　我才記得。他的聲音——
像骨骼填實了我的核心。
　就連我的名字

也在我的體內伏跪，求
　饒。
他在唱歌。我只記得這個。
　因為身體的一切都有代價，
所以我感覺活著。我想不出
　更好的理由。
一天上午，父親忽然停下
　——如黑色小馬靜止水瀑中——
傾聽我在門後
　屏息。我不知道
進入一首歌的代價——就是迷失
　返回之路。

所以我進入了。所以我迷途了。
　徹底迷失，
雙眼大睜。

i　作者注：〈門檻〉挪改Carl Phillips的〈*Parable*〉的詩中一句。

鐵雷馬庫斯[i]

像所有乖兒子，我拉父親
出水面，揪著他的頭髮

拖過沙灘，他的指節切出一條痕跡
又被浪花趕上抹消。因為海岸那頭的

城市不再是
他離去的城市。因為炸毀的

大教堂現在樹林已成
聖堂。我跪在他身旁看自己

能沉得多深。你可知道這是誰，
爸？但是答案始終沒來。答案

是他背上的彈孔，海水
盈滿。他是如此僵直，我認為
他可以是任何人的父親，設法
讓一個綠瓶子出現
男孩腳邊，內含
他沒碰過的一整年。我碰
他的耳朵。沒用。
我翻過他的身體。面對
它。聖堂在他深黑如海水的雙眸裡。
這不是我的臉，但我將戴上它
親吻所有愛人晚安：
一如我以自己的唇

封上父親的唇然後開始
老老實實下沉。

i 鐵雷馬庫斯（Telemachus），希臘神話裡奧德賽的兒子，自小，父親出外打仗，許久不歸，他踏上行旅尋找父親。作者跟父親也自小分離。

特洛伊

破曉時一抹指痕的黑暗，他穿上
紅色洋裝。一團火焰封固於
寬如棺材的鏡中。喉嚨深處
鐵器閃亮。一道閃光。一顆白
星。瞧
他如何跳舞。瘀青色壁紙在
他旋轉時剝落成鉤，他的馬
頭在家族照片投下
陰影，玻璃在汙漬下
嘎響。他舞動如
其他碎裂之物，揭露至為短暫之門。洋裝
自他身上剝落如蘋果
皮。好似他們的劍
並未在他體內

磨淬。這是一匹人臉
馬。腹內全為刃
與獸。好似舞蹈能阻止
他的殺手心跳動於
肋骨間。穿上洋裝的男孩
紅如閉上的眼

多麼容易消失
於自己的
蹄聲下。這馬將如何奔馳為
氣候——變成風。又將如何
像風為人所見。人們將看見他
至為清晰

在城市燃燒時。

燃燒城市的晨歌[i]

一九七五年四月二十九日，南越。美軍電臺播放歐文·柏林的〈白色聖誕〉，這是常風行動的暗碼，在西貢淪陷時，美國以直升機撤退最後一批美國百姓與越南難民。

　街頭的晚枸子花瓣
　　像女孩的洋裝碎片。
盼您日日快樂光明……
他倒滿一茶杯香檳，端至她的嘴。
　他說張開嘴。
　　她張開。
　　　外面，一位士兵吐出

菸屁股，腳步聲
像天降石頭落滿廣場。願您
年年都有白色聖誕
交通衛兵解開槍套。
他摸索她的
白洋裝裙襬。一根蠟燭。
他們的影子：兩條燭蕊。
軍用卡車急速駛過十字路口，裡面孩童
尖叫。腳踏車被掄起
砸破商店櫥窗。當塵土揚升，一頭黑狗
躺在路中喘氣。牠的後腿
輾碎於燦亮的
白色聖誕。
床頭櫃，一枝木蘭花舒展如
祕密初聞。

樹梢晶晶孩童聆聽[ii]，警長
　趴浮於滿池的可口可樂。
　　手掌大的父親照片浸在
他的左耳旁。

那首歌像寡婦行過城市。
　一個白色……一個白色……我夢見帷幕般的厚雪
　　　　　　　　　自她肩頭墜落。

雪花刮著窗戶。砲火撕裂
　　白雪。天空血紅。
　坦克車上的白雪滾落城牆。
救援生者的直升機
　　　　　　　　遙不可及。

城市雪白等人著墨。
廣播說跑跑跑。
晚栒子花瓣落在黑狗身上
像女孩的洋裝碎片。
願您日日快樂光明。她說了些
聽不分明的話。旅館在
他們下面震晃。床鋪像田地覆冰。
第一顆炸彈照亮他們的臉，
他說別擔心，我的兄弟已經贏得此場戰爭
然後明天……
燈火熄滅。
我夢見，我夢見……
聆聽雪橇鈴聲[iii]……
下面的廣場：修女，著火，

無聲奔向她的主——

她張開。

他說，張開。

i 作者注：〈燃燒城市的晨歌〉挪借了Irving Berlin作曲的〈白色聖誕〉（*White Christmas*）歌詞。

ii 這句The treetops glisten and children listen.引自〈白色聖誕〉歌詞。

iii 此兩句來自〈白色聖誕〉歌詞。

更近邊緣

夠年輕所以相信沒有任何東西
能改變他們，他們跨步，手牽手，

進入炮坑。黑牙充斥的
黑夜。他的仿冒勞力士，數星期後

將因掌摑她的臉而碎裂，現在微閃
於她的髮後如迷你小月亮。

在這個版本裡，那隻蛇無頭——僵直
有如繩子自這對愛侶腳踝鬆開。

他掀起她的白棉裙，揭露
另一個小時。他的手。他的雙手。兩手內的

音節。噢父親。噢預兆，用力壓進
她——如蟋蟀鳴叫

撕裂大地。告訴我毀滅如何以
臀骨打造一個家。噢母親，

噢分針，教導我
如何擁抱男人如飢渴

擁抱水。讓每條河都羨慕
我們的嘴。讓每個吻都如季節

襲擊身體。那是蘋果以紅蹄
雷響大地之處。而我成為你的兒子。

移民俳文

引領我到你身邊的路很安全
即便它通向海。
——埃德蒙・雅貝斯[i]

★

喏，有如呼吸，我們腳下的海水上漲。如果你非得知道什麼，請知道最艱鉅的任務是人只能活一次。知道沉船上的女人無論肌膚多麼細嫩，必須成為救生筏。當我睡著，他點燃最後一把小提琴為我的腳取暖。他躺到我身旁，在我的頸窩種下一個字，融化成一滴威士忌。我的背後，太陽金黃轉鏽紅落下。我們已經航行數個月。話語飄散鹹味。我們一直在航行——總見不到世界邊緣。

★

我們離開時，城市仍在冒煙。否則那是完美的春晨。大使館草坪上白色風信子驚吐。天空是九月藍，鴿子啄食炸毀的烘焙店四散的麵包碎屑。破碎的法國長棍麵包。壓扁的牛角麵包。內部掏空的汽車。焦黑的木馬兀自旋轉。他說人行道上的飛彈影子逐漸加大，好像上帝在我們的上方彈奏空氣鋼琴。他說我有好多事得告訴你。

★

星星。或許該說，天空的排水溝——正在等待。小小的洞。那是年深歲久的小小開口，正足以讓我們滑過。一把彎刀擱置甲板晾乾。我的背對著他。我的腳在漩渦裡。他蹲伏我的身旁，他的呼吸像錯置的氣候。我讓他手捧海水淋我的頭髮再擰乾。最小的珍珠——全部送給你。我張開眼。他的臉在我手中，濕潤如割傷。他說，如果我們順利靠岸，我將以此水為我們的兒子命名。我將學會如何愛上一頭怪獸。他笑了。白色連字號取代原有嘴唇。天空海鷗盤旋。那是在星群間震抖的手，企圖保持平衡。

★

霧氣消散。我們瞧見了。地平線——突然消失。閃亮的水直墜。乾淨慈悲——一如他所求。一如童話。那種闔起書本就會變成膝上笑聲的故事。我扯起滿帆。他將我的名字拋入空中。我看見音節變成卵石滾過甲板。

★

怒吼。海水在船首碎裂。他看見海水分開如小偷窺見自己的內心：都是骨頭與裂木。船身兩側海浪湧起。船兒封固水牆內。他說，瞧，我現在看見了！

他上下蹦跳。他一邊親吻我的手腕一邊掌舵。他在笑，卻被眼神背叛。他笑，儘管他知道自己破壞一切美麗之物，只為證明美並不能改變他。故事有個轉折點：原本該是夕陽的地方有個軟木塞。一直都在那裡。有艘船是以牙籤與瞬間膠做成。有艘船是塞在酒瓶裡放在壁爐上——耶誕派對進行中，紅色塑膠杯濺出蛋酒。我們還是繼續航行。我們繼續站在船首。像困在玻璃裡的結婚蛋糕裝飾新人。水面趨於平靜了。那水就像空氣，就像時間。大家叫啊唱啊，他不確定那是為他唱的歌，或者自己把燃燒的房間誤認為童年了。大家都在跳舞，而小小的一男一女困在綠色瓶中，認定有人等在他們的生命終點說嗨！你們不需要跑這麼遠的。為什麼要走那麼遠？就在此時球棒擊碎世界。

★

如果你必須知道什麼，請知道你之所以出生是因為沒有其他人要生下來。船兒搖晃時，你在我體內膨脹：愛的迴聲變硬成為男孩。有時我覺得自己像是&符號。醒來等待觸礁。或許身體是答案唯一無法抹消的問題。多少吻在我們祈禱時碾碎於唇間，只餘碎片揀起？如果你必須知道，請知道透過牙齒才是了解一個男人的最佳方法。一度我在綠色暴風中飲下雨。一躺數小時，我的處女身大開。無盡田野在我的身下。多麼甜美。那雨。一個存在目的只是落下的東西竟只有甜美而無其他。水削減為意圖。意圖轉成養分。所有人都可以忘記我們——只要你還記得。

★

心中的夏日。
上帝張開另一隻眼：
湖中有雙月。

i 埃德蒙・雅貝斯（Edmond Jabés, 1912-1991），法國詩人、哲學家、宗教思想家。

永永&遠遠$_i$

他說，你最需要我時打開它，
　將纏了膠帶的鞋盒
塞到我床下。他的拇指，
　仍因母親大腿間的抖顫而
濕潤，在我眉頭上方的痣不斷畫圓。
　魔鬼的眼睛在他齒間灼亮
還是他點了大麻？無所謂。今晚
　我會醒來並誤認母親
髮間滴落的洗澡水是他的聲音。我打開
　積了七冬灰塵的鞋盒

喏，就在那兒，柯特點四五手槍，卡在泛黃報
　紙堆裡——沉默且沉重
如截肢手臂。我拿起槍
　思索夜的射入傷
會造成晨曉那麼大的洞嗎。如果
　我窺視洞內，會瞧見這個句子的
結尾嗎？還是只瞧見一個男人跪在
　兒子床畔，灰色連身工作服散發汽油
與菸味。或許這天結束時
　生命不會翻頁而他的手將抱著
男孩白到泛青的肩膀。男孩假裝
　熟睡而父親掐得更緊。

就像槍管瞄準天空，必須壓縮
子彈
才能讓它發聲

i　作者注：詩名〈永永&遠遠〉(*Always and Forever*)也是我父親最喜歡的歌名，Luther Vandross演唱。

父親的獄中信

Lan oi,

Em khỏe khong? Giờ em đang ở đâu? Anh nhớ em va con qua. Hơn nữa[i] 有些事／我只能在暗處說／譬如某年春日／我捏碎飛行中的帝王蝶／只為感覺／東西在手中／改變／就是這雙手／有時夜裡因音樂／或者該說是雨滴的觸動／而甦醒／回憶抹消成音樂／就是這雙手觸摸／發霉廟宇裡的百合香曙光的／碎片出現在一隻死鼠／的眼裡你的聲音出現在／我的手旁／就是這雙手拿著九釐米手槍抵著男孩／顫抖的臉頰我才二十二歲／槍沒上膛／我不知道／消失如此／容易就是這雙手／拖著鋸子行過最最深藍的清晨四點／蟋蟀鳴叫木棉樹幹在／我們眼中迸碎／直到一棵或兩棵倒下／鋸子鋸進暗藍直到一或三

人／開始奔離他們的國家／到他們的國家／AK47自動步槍就是上帝它的聲音／會阻止百合／如何令我窗前日日開放的百合／闔上／那兒有個燈塔／某些夜裡你是燈塔／某些夜裡你是海／這代表我不認識／慾望除非／它等同於碎裂與重建的需求／心靈忘記／肉體的存在之罪／但是再次親愛的蘭或者／喂呀蘭有什麼關係／隔壁牢房的男人／夜夜哀求母親的乳房／一滴也好／我覺得我的眼睛跟他的很像／夜晚淌血流經燈塔／這樣的夜晚震碎／我歷經多次槍火後戴上的面具／喂呀蘭！喂呀蘭！喂呀蘭！／我是如此渴欲／一碗飯／一杯你／一滴也好／被時鐘摧毀的女孩／我的迴聲困在八八年／今晚牢房太冷而且某些事／唯有帝王蝶／不再飛來／翅膀不再擦過尿液濕滑的地板尋找／幽靈女子的碎片／我才能說我將臉貼上／大小如你手掌的窗戶／海岸再過去／灰色晨曦掀起你的紫色洋裝裙襬／然後我點燃。[ii]

i 此詩開場以越南文寫就，刻意製造一種疏離，翻譯保留此一特色。這串越南文是「喂呀蘭，你好嗎？我想念你跟寶寶，還有」。Oi是越南語裡的親暱招呼。

ii 文中的暗藍是越共軍服的顏色。被時鐘摧毀的女孩，作者的母親曾在時鐘工廠打苦工。

頭先出來

Không có gì bằng cơm với cá.
Không có gì bằng má với con.

——越南諺語[i]

你難道不知道？母親的愛
　　無視尊嚴
　就如火
無視燃燒物的
　哭泣。我的兒子，
　　　即便到了明天
你依然可以擁有今天。你難道不知道？
　有些男人撫摸乳房
　　就像他們撫摸
骷髏頭頂。背負

夢想的男人
可以扛著死人
翻山。
但唯有母親
能揣著
第二個心跳的重量行走。
傻男孩。
你可以迷失於書本
卻無法像上帝
忘記自己的手
遺忘自我。
當人們問你
來自何處，
告訴他們你的名字
是在一個戰火中女人的
無牙嘴裡血肉成形。
你也非分娩生下
而是腦袋先出來，爬入——

狗兒的飢腸轆轆。我兒，告訴他們
　　身體是一把越割越利的
刀刃。

i　這兩句為「無物可比米和魚，無物可比母親與她的孩子」。

在新港我看著父親的臉頰貼在一隻擱淺海豚的濕背

然後閉上眼睛。他的頭髮是海豚
　　龜裂肌膚的色澤。
他的右手臂刺青了三隻墜落
　　鳳凰——火焰
標記他奪走
　　或未奪走的生命。他手擁
海豚的粉紅嘴鼻。牠的牙齒
　　閃亮如子彈。
休伊。戰斧[i]。半
　　自動步槍。我們坐在
日產汽車裡時我靜止不動，看著海浪
　　拂過我們的氣息
而他衝往海灘，瘸著
　　一條跛腿。芥黃

色的北臉牌夾克
褪成抹入
我們生命的那種灰色生活。榴霰彈
綁身。披荊斬棘。上一次
我瞧見他如此奔跑，他手握
鐵鎚，母親
近在他的指尖。
當我們奔逃，
美國。美國就是成排街燈
閃爍於他飲了威士忌的嘴。一個
在富蘭克林大道尖叫奔逃的家族。
過動症。創傷後症候群。戰俘。扑。扑。扑。
狙擊手說。父親說
幹你娘的，曳光彈炸閃
棕櫚樹葉。綠色碎紙
紛飛，我多想要你是綠色[ii]。
綠色，儘管是紅色儘管
一切皆非如此。他雙膝跪落

墨黑泥中，撈起
一絲細水澆淋搏動的
彈孔。沒事。沒事。ＡＫ
47自動步槍。我一生只有一次十一歲
當他跪下抱起
濕透了的難民。海浪
吞沒
他的腿。海豚的眼睛
驚睜如新生兒
的嘴。而我再度
推開
副駕車門。跑向
鏽紅的地平線，逃離
一個
應該逃離的國度。我追逐父親
一如死者追逐
白日——雖然距離
太遠聽不清，但是就

他脖子歪斜一邊
　　　　　好似扭斷來看，我知道
他正對
　　　　　空空的雙手唱著
我最喜歡的那首歌。

i 休伊（Huey）美軍多用途直升機的暱稱。戰斧（Tomahawk），越戰美軍常用的破門工具。

ii 此句原文為green, how I want you green.挪用自Federico García Lorca的詩〈*Romance Sonámbulo*〉的英譯。

禮物

i

a b c a b c a b c
她不知道接著是什麼。
所以我們重新開始：
a b c a b c a b c
但是我能瞧見第四個字母：
一撮黑色頭髮——
從字母鬆開
然後寫上
她的臉頰。
直到現在美甲坊

都黏著她：乙酸異丙酯，
乙酸乙酯，氯化物，十二烷基硫酸
鈉以及從她的粉紅色
我♥紐約T恤
蒸散而出的汗味。

a b c a b c a——鉛筆斷裂。

*b*脹破肚皮
像黑灰吹過
一抹抹藍色的天空。

別動，她說，從
黃色屍骸撿起翼骨似的
一段石墨，塞回
我的手指間。
再來。然後我再度

瞧見：那撮頭髮從
從她的臉頰撩起……墜落
紙上——無聲
活著。像一個字。
我依然能聽見。

i 作者注：這首詩的概念來自李立揚（Li-Young Lee）。譯者注：李立揚為從印尼移民到美國的華裔詩人。

射出傷的自畫像

不如，讓它成為被雨淹沒的每個
腳步聲迴響，癱瘓空氣如

扔進沉船的名字，讓它穿越一個
企圖遺忘人行道下埋著屍骨的城市，

穿越這城市的腐物與鐵，飛濺上木棉樹幹，
然後穿過病氣煙霧瀰漫與半吟唱

禱詞的難民營，以及外婆用僅剩蠟燭照明
的鏽蝕黑色棚屋，我們捧在手中誤以為是

兄弟的豬臉，讓它進入一個以雪花
照明，只有笑聲裝飾的房間，神奇牌吐司

與美乃滋舉到龜裂嘴邊就像無人
記得的勝利證言，讓它輕拂父親手中

高舉的新生兒的泛紅臉頰，而那雙手
散發魚內臟與萬寶路臭氣，眾人歡呼

又一個棕膚外國佬倒在約翰．韋恩的M16步槍下，越南
在螢幕上燃燒，讓它溜過他們的耳朵，

俐落，如諾言，然後穿透沙發上方的
麥可．傑克森閃耀海報，進入

超市，一個混血母親開始相信
每個鼻子長得跟她一樣的白人

都是她的父親，願它在她嘴裡短暫
輕唱，而後將她摺倒在番茄醬瓶罐

與藍色義大利麵盒間，深紅色蘋果自
她掌中滑落，然後滾進她丈夫

的牢房，他呆坐瞪視月亮直到深信
那是上帝拒絕給他的最後一片

聖體，讓它襲上他的下顎有如
你我忘懷如何給予的吻，嘶一聲

回到六八年的下龍灣：火焰取代
天空，而天空唯有死者

仰視，願它來到祖父幹了
懷孕農家女的軍用吉普車後座，

他的金髮在燒夷彈強風中飛舞，讓他被
壓倒在未來女兒們要站起的泥地上，

手指因鹽巴與落葉剷起水泡，願它們
撕裂他的橄欖色軍服，攫住掛在脖上的
名字，那是他們唧壓在舌間的姓名，
以便重學活，活，活這個字——就算

沒有其他理由，也讓我編織死光
有如盲婦將一片破皮縫回女兒的
肋骨。沒錯——讓我相信我生來
就是要扣下扳機，輕鬆熟練，就像一個真正

越共，當我埋入景象間，讓我如
鬼魂的腳步在雨中迷離——並祈禱

一切靜止不動。

i 作者在自傳體小說《此生，你我皆短暫燦爛》（時報文化）中曾說，初到美國，他們以為美乃滋就是越南人視為富貴人家才吃的奶油。

二〇〇六年感恩節

布魯克林今晚太冷
而我與所有朋友已分離三年。
母親說我想成為什麼
都可以——但是我選擇活著。
舊褐色砂石房子的臺階上，
香菸一閃，又滅。
我走向前：沉默
磨利的刀片。
他的下顎深刻在煙霧裡。
那是我重新進入這個城市的
入口。陌生人，可碰觸的
迴聲，這是我的手，沾滿寡婦淚水一般的
薄血。我準備好了。

我準備成為你棄之身後的
每一隻動物。

破壞家庭者

而我們是這樣跳舞的：穿著母親的白洋裝
長度蓋過腳面，八月尾聲

將我們的手轉成暗紅。而我們是這樣相愛的：
五分之一瓶伏特加與一個閣樓下午，你的手指

穿過我的頭髮——我的頭髮是一團野火。我們遮住
耳朵，然後你父親的暴怒變成

心跳。當我們唇碰唇，白日收攏成
棺材。在心的博物館裡

兩個無頭人搭建一棟著火屋。
一把霰彈槍永遠在

火爐上方。永遠還有一小時要打發——卻總又是
懇求某個神賜還。不是在閣樓，就是在車裡。不是
在車裡，就是在夢裡。不是那男孩，就是他的衣服。如果沒活著，
就放下電話。因為年分不過是我們繞圈圈的
距離。也就是說：是我們跳舞的
方式：在沉睡的身體裡各自孤獨。也就是說：
這是我們相愛的方式：舌上的刀刃變成
舌頭。

我為你歌唱[i]

我們辦到了，寶貝。
我們坐在黑色大禮車
後座。民眾夾道
歡呼我們的名字。
他們對你的金黃頭髮
與熨得筆挺的灰色西裝有信心。
他們深信我是
好公民。我愛我的國家。
我假裝一切如常。
我假裝沒看見那男人
與他的金髮女兒趴下
尋找掩護，假裝你沒在
叫我的名而它聽來
不像屠宰場迎面襲來。

我還不是賈姬・O[ii]
而你的腦袋也沒有一個洞，像短暫的彩
虹閃現於
荒蕪迷霧。我愛我的國家
但是我究竟想騙誰？我仍攬著
你炙熱的思緒，
親愛的，我甜蜜，甜蜜的
傑克。我的手橫過後車廂蓋
捕撈你的記憶碎片，
就是你我擁吻而全國
為之欣燦。你的背部垮下。
你的手鬆開。整個人軟癱
在座位上，染深了
我的紫紅套裝。但我是
好國民，身旁圍繞著基督
與救護車。我愛
這個國家。那些扭曲的臉。
我的國家。藍天。黑色

禮車。我的一隻白色手套
閃亮粉紅——滿溢
我們的美國夢。

i 詩名〈我為你歌唱〉（*Of Thee I Sing*）來自美國愛國歌曲〈*My Country, 'Tis of Thee*〉，此處的你（thee）指美國。詩以甘迺迪總統遇刺為主題，賈桂琳・甘迺迪為第一人稱主述。

ii 賈桂琳後來改嫁希臘船王歐納西斯，人們稱她「賈姬・O」。

因為是夏天

你騎你的自行車到公園
九點夜色瘀青楓樹披掛
新割玉米田連續數日飄來的
破碎塑膠袋而你謊稱
自己的去向要和一個你想不出該叫什麼
名字的女人約會但是他已經等在
新港牌香菸與撕裂保險套
點綴的棒球場牛棚區後面
他手心冒汗等著他嘴裡有
薄荷味髮型廉價
穿著姊姊的李維牛仔衣
濕草蒸散尿氣
畢竟這是六月而九月之前
你都還年輕他看起來和

照片不像但是沒關係
因為走到這一步前
你已經親吻了母親的
臉頰因為褲襠的黑色細縫已足夠
發聲而你的嘴覆蓋了拉鍊的細聲尖叫
聆聽鳥兒
水中撲翅鬆緊帶
啪響四隻手瞬間
變成十二隻：慾望蝟集如
新娘面紗籠罩但是你
配不上：這男孩
與他的寂寞認為你
美只因為你不是他的
鏡子因為你沒有
沒有許多張臉可供拋棄你走到
這一步只為成為無名者而這是六月
只要晨曦尚未
降臨只要死去男孩的

房間還未傳出流行歌曲只要夏日的
所有角落尚未滲水你就還年輕而你想
告訴他沒關係的夜晚也是你我
必須爬出的墳墓但是他已經開始整理
衣領玉米田蒸散暴烈的
糞肥味你在脖子抹上
口紅顫抖的手穿衣
你說謝謝你謝謝你謝謝你
因為你尚未學會原諒我
究竟有何意義因為你就是這麼說的
當一個陌生人自夏日而來
讓你又多了一小時可活

庖代

唯一的動機始終是
盡可能保留他們，儘管
只是保留一部分。
——傑佛瑞・達莫[i]

我開進田野然後關掉引擎。
很簡單：我真的不知道
如何溫柔地愛一個
男人。柔軟
需經捶打
方可得之。螢火蟲串

飛藍寶石夜空。

你是如此靜默幾如

明日。

身體生來柔軟

是為了不讓我們

寂寞。

你說這話

就像車裡滲滿

河水。

別擔心。

這裡沒水。

閉緊。
我的舌頭

好像遁隱昆蟲
消失的腳。

肉體。
它總是精準地

只有你的眼睛

吻上你胸前的十字架。
細細的黑毛

我從來就不想要

失敗
無誤。

但是如果我不顧一切
鑽破薄如書頁的
肌膚
然後發現心臟
不及拳頭大小
你的嘴倒是敞開
大如耶路撒冷。那又
如何？
愛上另一個
男人——就是
不留他活著
來原諒我。

我不想留
任何人活著。
只想保有
且被保有。
就像田野將
自己的奧祕
變成芍藥。
就像光線保守陰影
是將它
一口吞沒。

i 傑佛瑞・達莫（Jeffrey Dahmer），美國連續殺人犯，共殺死十六個男人與男孩，並保存他們的部分屍骨。

以首句重複法應付機械化[i]

睡不著
所以你套上他的灰色靴子——全身赤裸——然後踏入
雨中。你想著：即使他已經死了，我還是希望維持
乾淨。但願雨是汽油，你的舌頭是一根
點燃的火柴，你無需消失便能蛻變。但願
他死於他的名字在你嘴內變成
一顆牙的那刻。但是他沒。他死於他們推他出去
而牧師催促你離開房間的剎那，你的手掌是
兩捧雨。他死於你心跳加快，
另一個戰爭為天空鍍銅的那刻。他死於每晚你閉上
眼睛聆聽他緩慢吐氣時。你的拳頭
窒息了黑暗。你的拳頭打穿浴室鏡子。他死於
那個眾人歡笑的派對而你只想
進廚房做七個蛋餅然後

縱火燒屋。你只想衝到森林然後祈求
狼來幹死你。他死於你醒來
日日都是十一月時。罕醉克斯的唱片銷蝕於
生鏽的唱針下。他死於足足多吻了你
兩分鐘，然後說等等，我有話
跟你說的那個早上，你火速抓起最愛的
粉紅色枕頭悶住他而他在柔軟
黑暗的布料下吶喊。你牢壓枕頭直到他非常安靜，
直到四壁消失然後你們再度站在擁擠的
火車上。數年後回首，瞧那火車來回輕搖你們
有如慢舞。你還是大學新鮮人。你還是
畏懼自己只有兩隻手。而他還不知道你的名字
卻仍是笑。窗戶映照他的牙齒
也映照你說哈囉的嘴——你的舌頭
一根點燃的火柴。

i 作者注：此詩獻給L.D.P.。

地球七層

二〇一一年四月二十七日，德州達拉斯一對同志伴侶麥可・亨佛利與克萊頓・克普蕭在家中遭縱火而亡。

——《達拉斯之聲》

譯者注：作者訪談時說這詩本來要仿但丁《神曲》寫作，但丁的地獄有如漏斗螺旋而下。此處詩名〈*Seven Circles Earth*〉指人間即地獄，七層旋轉而下。此詩採特殊寫法，刻意將全文放在注釋。

1

2

3

1　彷彿我的手指，／在門後／摸索你的鎖骨，／就足夠／抹消自我。忘記／我們建造這個房子知道它／不能長存。／一個人如何／能停止／懊悔／而無須砍斷／雙手？／又一支火把

2　穿過／廚房窗戶，／又一隻迷途鴿子。／說來有趣。我一向知道／待在我的男人身邊／我最暖和。／但是別笑。請了解／當我說我熊熊燃燒的時刻／就是每晚渾身浸沐你的氣味：泥土汗味／加上「老氣味」牌體香劑／白日

3　屏棄我。／牆上照片裡的你我／臉色變黑／別笑。再跟我說一次／麻雀飛離淪亡羅馬城／的故事，／以及牠們燃燒的翅膀。／廢墟卡在牠們的頂針花紋喉部／逼牠們歌唱

4

5

6

7

4　直到音符織入／你鼻孔冒出的／煙。說啊——／直到你的聲音／只是焦骨的／嘎
5　響。但是別笑／當這些牆壁倒塌／並且只有火星／而無麻雀／飛出。／當牠們／翻找餘燼
——並從你消失的嘴裡／扯出我的舌頭，／一朵焦黑窒息的／蜷縮
6　玫瑰。／每片黑色花瓣／轟響／你我殘餘的／笑聲。／笑聲化為灰燼／進入空氣／飄向蜜糖
飄向寶貝／親愛的，／瞧。瞧我們多開心／如此無名／卻依然是
7　美國人。

此生，你我皆短暫燦爛

—

告訴我這是為了滿足飢渴
且無其他。因為飢渴就是賜給
身體自知

無法保留的東西。而被另一場戰爭
削弱為餘燼的光
便足以將我的手釘牢在你胸膛。

—

你，溺斃
　我的雙臂間——

別走。

你，用力縱身
　入河
只求一個人
　　靜靜——
別走。

I

我會告訴你我們如何千錯萬錯仍可被原諒。我會告訴你某晚我爸如何反手掌摑我媽，電鋸廚房小桌之後，跪倒浴室直到我們聽見牆後傳出的壓抑嗚咽。因此我得知——爆氣男人最易投降。

I

說投降。說雪花石膏。摺疊刀。

　忍冬。一枝黃。說秋天。
說秋天，儘管你滿眼
　盡綠。儘管日照下
依然美麗。說你會捨命以求。斬不斷的曙光
　漫上你的喉嚨。
我在你的下面抖動
　如麻雀震懾於
墜落。

I

暮色：你我身影之間的一抹蜂蜜，滴落。

I

我想消失——所以我打開一位陌生人的車門。他離
婚了。臉埋手中啜泣（舔起來有鏽味的手）。鑰匙
圈的粉紅色乳癌防治緞帶在點火裝置上擺動。我們

觸摸彼此不是只為了證明我們還在？至少我一度還在。月亮，遙遠，閃爍，困在我脖子的汗珠裡。我讓霧氣滲進車窗縫，覆蓋我的尖牙。當我離開，那輛別克轎車仍停在那兒。草地上一頭笨牛，牠的眼睛將我的身影灼印在郊區房子的側面。回到家，我像火把倒向床上，看著火焰吞噬我母親的家，直到天空顯現，充血，巨大。我多希望自己是那天空——同時滿載所有的飛翔與墜落。

I

說阿們。說補救。
說是的。說是的。
總之。

I

淋浴，在冷水下出汗，我刷了又刷。

I

不算太晚。蚊蚋為我們的腦袋
　冠上光圈而夏日才來尚未留下
任何痕跡。你的手
　在我的襯衫下有如收音機裡
漸強的靜電干擾。
　你的另一隻手揮舞
你爹地的左輪槍
　瞄準天空。星星一顆顆
自十字準星掉落。
　這代表我不會
畏懼我們是否已經
　走到這一步。已經超越肌膚
所能侷限。而一個男孩睡在
　另一個男孩身旁
必定會使田野
　充滿滴答聲。而說出你的名字

就是聽見時鐘
　再度倒轉一小時
而晨光
　將會發現我們的衣裳
剝落於你母親家的前廊
　如擱放了一星期的百合。

尤麗狄絲[i]

它比較像是雌鹿
　發出的聲音
當箭矢
　　取代白日
回應
　肋骨的空洞
悶哼。我們預見它來臨
　卻依然走過花園的
洞。因為樹葉
　純綠而火光
仍只是遠處的
　一抹粉紅。這與光
無關——而是它讓你變得
　多暗，端視

你站在哪裡。
　依據你站的位置
你的名字聽起來可以是滿月
　碎撒於死去雌鹿的皮毛上。
你的名字依據重力
　而改變。重力擊碎
我們的膝蓋骨只為
　讓我們瞧見天空。為何我們
不斷說是的——
　儘管群鳥圍繞。
現在誰還會相信
　我們？我的聲音嘎嘎
如收音機裡的骨頭。
　蠢啊我。竟以為愛是真實
而肉體是虛幻。
　我以為小小的和弦
就夠了。但是瞧瞧我們——
　　再度佇立冰冷

田野。他呼喚那個女孩。
　他身旁的女孩。
蹄下霜草
　斷折。

i　尤麗狄絲（Eurydice），希臘神話人物，被毒蛇咬死，丈夫奧菲斯追到地府，以琴音打動冥王讓他帶回尤麗狄絲，冥王警告他上地面之前不能回頭看，奧菲斯終究不放心，回頭看，尤麗狄絲又被拉回地府。

無題（藍，綠，棕）：油畫：馬克・羅斯科[i]：一九五二

電視說飛機撞上大樓。
而我說好的因為你叫我
留下。或許我們跪下祈禱因為上帝
只在我們如此接近邪惡時
才聆聽。我有好多話想跟你說。
為何我最大的成就是走過
布魯克林大橋
而沒想飛。為何我們活得像水：相濡
新舌以沫卻不告知彼此
自己經歷過甚麼。他們說天空是藍色的
但是我知道隔得太遠看就變成黑色。
你永遠記得受創最深時
自己在幹什麼。我有太多話
必須告訴你——但是我只攢得

這一生。而我不取一物。終究如一對牙齒。
一物不取。電視不斷說飛機……
飛機……而我站在破碎
反舌鳥構築的房間等待。牠們抖顫的翅膀
化為模糊的四壁。而你在那兒。
你就是那窗子。[ii]

[i] 馬克・羅斯科（Mark Rothko, 1903-1970），拉脫維亞裔美國畫家，表現主義創始者之一，一九七〇年自殺。

[ii] 九一一那天，作者的好友自殺。布魯克林大橋經常給行人一種想要飛或想要往下跳的感覺。呼應詩名裡的畫家也是自殺而亡。

山丘下的皇后[i]

我走向田野。一架黑色鋼琴等在
中央。我跪下彈奏
我會的曲子。一個單鍵。一顆牙齒
扔下井裡。我的手指
滑過濕黏的牙床。亮滑的嘴唇。鼻子。不是
鋼琴——而是一匹雌馬
披著黑色床單。白色馬嘴
突出如拳頭。我向
我的獸跪下。床單塌陷
於牠的肋間。那是凹陷的鋼琴，
夜裡積雨反照出
落入馬腹的
藍天。從天上
按下的

藍色拇指紋。彷彿某些東西必須被
捏死，留下
這朵黑色的花落在
一個我只是過客的
田野。從禱詞
放逐而出的字，閃爍。風
吹平我們周圍
蒼白的草——馬和我
就像太早懸掛的水彩畫
滴水。綠浪
圍繞我坐的黑色岩石
把枯骨變成
奏鳴曲。我手指模糊，
彈奏我自果園
聆聽習得的曲子
釋放其中最甜蜜的
錯誤。這馬的
凹痕大到足以

維生。地面的一窪
天空。彷彿低頭凝視
死者就是抬頭
看我自己的臉龐，被音樂
蹂躪。如果我掀起床單
將顯露大如死胎的
心臟。如果我掀起床單
我會像個四足陰影
躺在牠身旁，蹄子返回
蹄子。如果我閉上眼
將再度置身鋼琴內
且不在他處。如果我閉上眼
沒人可以傷害我。

i 作者注：詩名〈山丘下的皇后〉（*Queen Under The Hill*）來自Robert Duncan的詩〈*Often I Am Permitted to Return a Meadow*〉。有些句子挪改自Eduardo Corral的詩作〈*Acquired Immune Deficiency Syndrome*〉。

空氣的軀幹

假設你真的改變生命。
而身體不再僅是

夜的一部分——封印於
瘀青裡。假設你醒來

並發現你的影子被
黑狼取代。這男孩，漂亮

且已逝。因此，你反而拿刀
向牆。你刻了又刻

直到出現銅板大小的光
然後，終於，你可朝內注視

幸福。眼睛
從另一頭回看著你——
等待。

新遭詛咒者的祈禱文

最敬愛的天父，赦免我，因為我看見了。
木籬後面，夏日點亮的
田野，一個男人的小腿壓上
另一個男人的喉嚨。汗水濕滑的脖子上
金屬變成光。赦免我
未能將這舌蜷成祢名字的模樣
誤以為：
所有禱告必以
請求兩字開場，切
風為碎片，進入
有需要的男孩
耳中，他想知道
痛苦如何福佑罪人
重拾肉身。時間突然

靜止。那男人，他的嘴唇吻上
黑色靴子。愛上這樣的
眼睛，看到如此的湛與藍，
並祈求它們永遠湛與藍——我有
錯嗎？當他胯下的濕影擴散
而且滴入赭色泥土，我的臉
抽搐了嗎？多麼快啊
刀刃變成了祢。但是讓我再說
一次：有個男孩跪在所有門戶
都朝夏日敞開的
房子。有個問題腐蝕
他的舌頭。刀刃碰觸
祢緊緊卡在他喉嚨內的手指。
最敬愛的天父，當男孩不再是男孩
會如何？請告訴我——
當羊會食人
牧人會如何？

給我的父親／給我的未來兒子

星星並非代代相傳。
——艾蜜莉・狄金生[i]

曾有一扇門然後還有一扇門
被森林圍繞。
瞧，我的眼睛不是
你的眼睛。
你穿過我有如
在另一個國度
聽到的雨。
是的，你有一個國度。

有一天，當他們尋找沉船

會發現它……

有一次，我在一場慢動作的車禍中
陷入愛河。

我們看來如此平靜，香菸自他唇間浮起
當我們的腦袋往後猛地甩入
夢境而一切
皆被原諒。

因為你聽過的或者即將聽到的都是事實：我在紙上
揮寫美好的一小時
然後看著火焰把它收回。

某些東西總是燃燒。

你明白嗎？我閉上嘴
卻仍嚐到灰燼的味道
因為我的眼睛是張開的。

從男人處，我學會讚美牆壁的厚實。
從女人處，
我學會讚美。

如果你獲贈我的身體，放下它。
如果你獲贈何東西
請確保
雪地不留痕跡。要知道

我從不選擇
季節的轉向。我的喉嚨裡
永遠是十月

而你：每片樹葉
都拒絕枯黃。

快。你能瞧見紅色黑暗在飄移嗎？

這代表我在摸你。這代表
你並不孤獨——即使
你並不。
如果你先我一步抵達，如果你
什麼也不想
而我的臉像破旗
波浪蕩漾——轉身回去吧。

回去，找到那本我留給
我們的書，填上
掘墓者忘記的
天空所有顏色。
用它。

用它證明星辰
　　一直是我們所知的
那樣：是每個誤發
　　字眼的
射出傷。

i　星星並非代代相傳（The stars are not hereditary）來自詩人艾蜜莉·狄金生（Emily Dickinson）在一八八三年寫給Charles H. Clark的悼亡信。

引（爆）

有個笑話的結尾是——蛤？
炸彈說這就是你的父親。

現在你的父親在
你的肺裡。事後——

瞧這世界輕多了。
僅僅寫下父親二字

就是在白如炸彈閃光的紙上
切下一部分白日。

那光足以沉溺你
卻總是不夠滲入骨髓

並停留。別待在這兒，他說：
被花兒名字馴服的我兒。別再
哭了。所以我跑。奔向夜。
夜裡：我的影子拉長
朝向父親

自慰謳歌

因為你
從不
神聖
只是
漂亮到
會被發現
嘴裡
有鉤
當他們拉你
離水
水波震晃
如火花

而有時
你有的
僅是手
將自已
牢繫
人間而且
是聲音而非
祈禱
進入
是雷鳴而非
閃電
將你驚醒於
汽車後座
午夜霓虹
停車場
聖水

抹在
雙腿間
　從未有男人
因過度飢渴
　溺斃
那兒
　射精
是缺角
　星辰的
發音方式
　因此舉起
被歡愉
　覆蓋的拇指
然後教導
　舌頭

此種不羈的
　養分
迷失於
　一個景象

就是在其中找到
　一扇門
因此閉上
　你的眼睛
而後張開
　下探

肋骨
　根根
絕望哀鳴如
　無人彈奏的
琴鍵
　有人稱此為

人性但是你
　早已知曉
這是最短暫的
　永恆型態沒錯
就連聖人
　也記得這是如果

隱匿於
　嘆息之下
埋藏於
　氣息之中滿溢如
櫻花
　怒放於無主的

春日
　這些句子
多常像是
　你的兄弟們

被扯離你時的
　抓痕

你是那個
　除了墳裡
最小的
　骨頭以外
無人聽聞的
　名字你是

那個以所有花瓣說
　這裡這裡這裡
點燃四月空氣的人你
　扭曲地
穿過光的
　鐵絲網
明知

　　色彩招來
斬首
　　我往下探
尋找你
　　在美國泥塵中

在以希望
　　歡欣
成功與甜
　　唇命名的小鎮
譬如小
　　西貢

拉拉米鎮鈔票鎮
　　與山福鎮
那裡的樹知道
　　歷史的重量
能夠壓彎枝幹成

斷
句它們的根鑽過
石頭
與冷硬事實
收集
鏽蝕的記憶
與鐵鑄

下顎
還有紫晶是的
如此碰觸
你自己
扒開那至軟傷痛
無藥可醫的
飢渴
畢竟

上帝切割你
　這裡
是提醒我們
　祂來自

何處把這多叉
　心跳釘回
大地
　大聲吶喊
直到黑暗流經
　每一頭

被方舟流放的
　無臉野獸
當你撥掉龜頭
　裂口的鹽
並稱此為
　日光

別
害怕
自己如此
燦爛
如此光亮如此
空洞
子彈
直直穿過你
以為
它們發現了
天空而你
往下探
將手
按住這個血液
溫熱的身體
就像文字

被釘上了
意義
而後存活

筆記點滴[i]

憔悴男子脖子上傷疤大小的溫暖。
我只想成為它。

有時我要求過多只為感受嘴兒氾濫。

發現：我最長的陰毛一點二吋。

是好是壞？

上午7:18。凱文昨夜裡濫藥死。他的妹妹留了訊息。
沒法聽完。今年第三個。

我保證儘快戒除。

今早打翻柳橙汁潑了整張桌子。驟現陽光
　無法抹去。

一整個夜裡我的手都是日光。

半夜一點醒來，毫無緣由，奔過達菲家的玉米田。
　只著四角褲。

玉米枯了。我聽起來像一把火，
　毫無緣由。

阿嬤說戰爭時他們會抓住嬰兒，一個士兵抓住一隻
　腳踝，然後拉……就這樣。

春天終於來了！水仙處處。
　就這樣。

紐約市某個地下貯存所有一萬三千個來自世貿中心的無人認領屍塊。

是好還是壞？

天堂現今豈非沉重不堪？

雨水「甜」或許是因為它落遍
　世界太多地方。

甜也能刮喉，所以糖要攪勻。——阿嬤

上午4:37。為何沮喪讓我覺得更像活著？

生命真好笑。

自我提醒：如果一個男人說他最愛的詩人是凱魯亞克，
　這傢伙十之八九是混蛋。

白我提醒：如果奧菲斯是女人，我就不會困在這下面。

為何坐擁書城仍讓我雙手空空？

越南文的手榴彈是bom，來自法文pomme，
　蘋果。

還是來自英文炸彈（bomb）？

無聲尖叫醒來。屋內滿溢藍色水光
　名為晨曦。跑去親吻阿嬤的額頭

以防萬一。

一位美國大兵幹了一位越南農家女。因此我母親存在。
因此我存在。因此沒有炸彈＝沒有家庭＝沒有我。

噁。

上午9:47。已經打了四次手槍，手臂痠死。

茄子 = cà pháo = 手榴彈番茄。因此滅絕定義了
　　養分。

今晚我遇見一名男子。高中英文老師
　　來自隔壁鎮上。小鎮。或許

我不應該，但是他的手類似
　　我認識的某個男人。某個我習慣的人。

雙手在桌面形成短暫的教堂
　　是他思索正確字眼的模樣。

我遇見一個男人，不是你。燭光讓他房間書架上的聖經
　　搖晃。他的陰囊是擦傷的水果。我輕輕吻上

它，就像有人會先親吻手榴彈

再扔進黑夜的嘴。

或許舌頭也是鑰匙。

噁。

他說我能吃了你，指節撫過我的臉頰。

我想我很愛我媽。

有的手榴彈炸開如白色花朵。

嬰兒的呼吸在變暗的天空綻放，橫過
我的胸口。

或許舌頭也是根插銷。

惠妮·休士頓死掉我就戒。

我遇見一個男人。我承諾要戒。

被劫掠的村屯[ii]是完美押韻的好範本。他說的。

他是白人。還是或許，在他身旁，我失常了。

無論何者，我打心底忘記他的名。

我揣想以飢渴的速度行動是什麼感覺——是否快如漆黑中躺到廚房地板上。

（克里斯多夫）

上午6:24。灰狗巴士車站。前往紐約市的單程票：36.75美元。

上午6:57。我愛你，媽。

當獄卒燒掉他的手稿，阮志天忍不住笑了——二八三首詩已在他體內。

我夢見赤足踏雪前往你家。周遭盡是墨水渲暈的藍

而你還活著。你的窗裡甚至有一抹昇陽。

阿嬤瞧著風雪淹沒她的花園說，上帝鐵定是個季節。

人行道上我的腳步是最小的飛翔。

親愛的上帝，如果你是季節，讓它成為我穿越到這裡的季節。

這裡。我只想在這裡。

我保證。

i 作者注：〈筆記點滴〉挪借了桑德拉・林（Sandra Lim）的〈*The Dark World*〉一句。阮志天（Nguyễn Chí Thiện）是越南異議詩人，因為作品一共繫獄二十七年。獄中雖無紙筆，他依然寫詩並記在腦中。譯者注：桑德拉・林是韓裔美國女詩人。

ii 原文為pillaged village，中文無法呈現其韻，勉強以劫（ㄝ）掠（ㄝ）村（ㄣ）屯（ㄣ）呼應。

最小的測量

頹倒的橡樹後面，
溫徹斯特步槍嘎響
在男孩還不該握槍的手中。
銅色鬍鬚擦過
男孩耳朵。射啊。
她是你的囊中物……
夏日沉重，我
是那隻母鹿一蹄翹起
如問號準備刨根
究柢。而且跟任何罪
孽之物一樣，我最想要的是

自己的呼吸。抬起
由千百年飢渴
切刻而成的嘴鼻，伸向下一個
被季節攫取
低垂受傷的桃子。
射啊，那聲音現在變得
濃重，送她
回老家。但是男孩趴在
樹的屍骸哭泣——兩頰抹上
鼻涕與樹皮屑。
有一次，我非常靠近
某男子聞到
他默聲祈禱裡的

　女性氣味。
一如某些人在舉起
　　武器貼近

　天空前也會祈禱。但是顆粒狀迷霧
組成今晨的分秒，
　　那是測量距離的

　最小單位。我瞧見兩隻手解開
男孩手中的步槍，
　　隔著濕潤的樹葉

　它的金屬光芒更形銳利。
我看見來福槍……那把槍朝
　　下，然後消失。我看見

　一頂橘色帽子碰觸
另一頂橘色帽子。不，那是男人

俯向兒子的身體

就像獵物
千百年來都必須彎身貼向
　　自己的倒影
飲水。

每日的麵包

古芝，越南

紅色只是黑色在回憶。
晨色尚黑但烘焙的人已經醒來
將這年所剩的揉入
麵粉與水裡。還是該說，
他在重塑她的蒼白小腿曲線，
由某場他已不復記憶的戰爭
遺留下的地雷所打造。一捧
稻草然後爐火猩紅。紫花苜蓿。
連翹。毛地黃。熱騰的
麵團。好了後，他會撕開
發酵的蒸汽卻只發現

他的掌心——與年輕時一模一樣。當沉重
不以重量而是以距離度量。他會爬上
迴旋梯並呼喚她的名。
掀開毛毯，他會想著麵包的柔軟，舉起
她的幻肢至唇邊，每個吻
都溶入她輕如空氣的腳踝。
而他將永遠看不見
此舉帶給她的歡容。永遠
看不見她的臉。因為在我匆匆
塑造她成真，讓她化現
於此時，我的筆會忘了
為房間添加一點光。
因為我的手總是短暫
且黯淡如我父親的手。
而且快下雨了。我根本沒
想為這屋子加個屋頂——
她的義肢擱在床頭櫃上，
長度超出櫃子而嘎嘎作響。聽啊，

這一年已過。我對
我的國家一無所知。我記下一些
事情。我建立一個生活然後撕裂
而太陽持續照耀。新月
波浪。鹹水潑灑。海嘯。我有
足夠墨水給你海洋
但不是船，不過這是我的書
而我會什麼都說只求待在
這身皮囊內。檫樹。黃杉。
六分儀與羅盤。讓我們稱此為秋日
當我的父親坐在費雷斯諾郊外
一晚四十元的汽車旅館裡，再度因威士忌而
抖顫。他的手指模糊如
照片。音響裡馬文
哀求著兄弟，兄弟[i]，我又怎能
知道把筆尖壓向紙張，我就是
從滅絕重返碰觸我們。而燃燒果園裡
的俯臥天使，我們將不僅是祂們

骨白背脊上的
黑墨。墨水傾倒成
女人小腿的形狀。那女人
我可以回去抹掉再抹掉
但是我不。我不會告訴你嘴巴
如何永遠不似牙齒
誠實。而這
日日撕開、浸入
蜂蜜的麵包——如何被
流亡之舌舉起，跟其他
謊言一樣——它能成真只因你相信
飢渴。而我那除了飢餓與碎裂
別無其他的父親，如何在清晨四點
醒於無窗房間卻不記得
自己的腿。他會說，快啊，寶貝，巴你的收
方在我背上[ii]，因為他會相信
我真的在此，他的兒子
這些年來始終站在

他背後。巴你的收方在我的肩幫，
當香菸的煙旋轉成
男孩的鬼魂，他會說，
現在會啊，對，就像遮樣，寶貝。
像你會手掰掰那樣會啊，看見沒？
我告訴呢……我告訴呢。呢老爸？
他飛。[iii]

i 此句來自Marvin Gaye的歌曲〈怎麼啦？〉（*What's Going On*）。

ii 作者父親為越南移民，講一口洋濱腔英文，此句應為「把你的手放在我背上」。

iii 此句應為「把你的手放在我的肩膀，對，就像這樣，寶貝，像你揮手掰掰那樣揮啊，看見沒？我告訴你……我告訴你，你老爸，他飛」。

奧德賽重返

　　他走進我的房間像牧人
走出一幅卡拉瓦喬的畫。
　句子的遺骸只剩
　　　一縷
　　黑色頭髮盤繞
我的腳邊。
　　從風裡返回，他呼喚我
　嘴裡滿是蟋蟀——
　　　頭髮飄散出
菸味與茉莉香。我等著

夜晚消退為
數十年歲月——才去摸
他的手。然後我們跳舞
不知道：我的影子
加深了他在粗毛墊上的影子。
外面，太陽持續上升。
它的一片紅瓣跌進
窗內——被他的
舌頭捕捉。我企圖
拔它出來
卻被

自己的臉攔阻，鏡子，
裂隙，蟋蟀，音節一一
穿過。

說話恐懼症

事後。我在
　紅色黑暗裡醒來
把家庭（*gia đình*）兩字
　寫在
黃色便條紙上。
穿過字
　我能看見
地面
　之下，骨頭的模糊
藍影。
火速——
　我用墨水

鑽出句點。
　那是最深的洞，
是子彈，
穿透
　我父親的背之後，
所停歇的
　地方。
火速——我爬
進去。
　我進入
我的生命
　一如文字
進入我——
以沉墜之姿
　穿過

這
　張大嘴的
靜默。

總有一天我會愛上王鷗行[i]

鷗行，別害怕。
路的盡頭是如此遙遠
它已在我們身後。
別擔心。你的父親只是父親
直到你或他忘卻。就像脊椎
不會記得它的翅膀
無論我們的膝蓋多少次
親吻人行道。鷗行，
你在聽嗎？你身體最漂亮的
部位是
母親的影子映落之處。
瞧，就是在這房子裡
童年被削減成一條紅色絆索。
別擔心。就稱它為地平線

而你永遠抵達不了。
瞧，就是今天。跳吧。我保證那不是
救生筏。來，這個男人
他的臂膀寬到可以接住
你的離去。來，這就是
燈火方滅，你仍可看見
他雙腿間微弱火炬的那一刻。
你是如何一再用它
找到自己的雙手。
你懇求第二次機會
卻被賜與一張有待清空的嘴。
別害怕，槍火
不過是人們
想要活久一點卻
失敗的聲音。鷗行。鷗行——
站起來。你身體最美的部位
即是它要前往之處。並且牢記，
寂寞是與世界共度的

靜止時光。瞧，這是
大夥都在的房間。
你的亡友穿過你
有如風
穿過風鈴。瞧這是
瘸了一腿而以磚塊
撐住的書桌。是的。瞧，這兒有個房間
如此溫暖且血脈相親，
我發誓，你會醒來——
並誤認四壁為
肌膚。

i 作者注：詩名〈*Someday I'll Love Ocean Vuong*〉靈感來自弗蘭克・奧哈拉（Frank O'Hara）與Roger Reeves。

奉獻 *i*

　取而代之的，這年始於
我的膝蓋
　摩擦硬木地板，
另一個男人
　進入我的喉嚨後離去。新雪
敲打窗戶，
　　每片雪花都是
一封書信來自
　我早已永遠排拒在外的字母。
因為祈禱與慈悲
　的差異
在於你如何
　活動舌頭。我的舌頭壓向
肚臍的熟悉

漩渦，糖蜜之線
直直往下成為
奉獻。而世間
最神聖的事
莫過將
一個男人的心跳含住於
被過多空氣磨利的
牙齒間。這張嘴是進入一月的
最後入口，因新雪
敲擊窗戶而
沉默。
而如果我的翅膀燃燒——那
又怎樣。我
並未要求飛翔。
只求徹底
感受，只求這
完完整整，就像雪
碰觸赤裸肌膚——而後，

突然，不再是
雪。

i 作者注：〈奉獻〉（Devotion）為Peter Bienkowski而做。

譯後記

何穎怡

這本詩集得以順利出版，最需要感謝詩人鴻鴻。

我從沒翻譯過詩集，完全不知道該如何掌握節奏、意象，很擔心自己把詩翻譯成一句句分開來的散文而已。

幸得鴻鴻同意擔任審閱。一開始我翻譯了十二首草草校對過就請他先看。結果回稿通篇紅。我嚇壞了。便問他我可不可以每翻譯完一、二首就請先他過目，我可以一首一首地進步，他也不用一口氣看太多爛翻譯，不知從何改起。

就這樣，鴻鴻等於手把手教我認識「詩」為何物，翻譯上，它和散文究竟有何不同。王鷗行的詩偏艱澀。有時，針對一個句子該怎麼擺，我們反覆討論許多次。

各位看到的定稿，鴻鴻完整審過兩次，連同我自己，一共六校。只能說我盡力了，譯者如果真正懂詩，它可以更好。

文末嘮叨：詩集與作者的自傳體小說《此生，你我皆短暫燦爛》多處相互指涉，對照閱讀，大家可能會收穫更多。

夜空穿透傷 / 王鷗行 (Ocean Vuong) 著；何穎怡
譯．── 初版．── 臺北市：時報文化，2022.11
面；公分．──（藍小說；334）
譯自：Night Sky with Exit Wounds
ISBN 978-626-335-961-1

874.51　　　　　　　　111014768

藍小說 334

夜空穿透傷

作者 ── 王鷗行
譯者 ── 何穎怡
審訂 ── 鴻　鴻
編輯 ── 張瑋庭
美術設計 ── 霧室

總編輯 ── 嘉世強
董事長 ── 趙政岷
出版者 ── 時報文化出版企業股份有限公司
108019 臺北市和平西路三段二四〇號三樓
發行專線 ──（〇二）二三〇六六八四二
讀者服務專線 ── 〇八〇〇二三一七〇五．
（〇二）二三〇四七一〇三
讀者服務傳真 ──（〇二）二三〇四六八五八
郵撥 ── 一九三四四七二四時報文化出版公司
信箱 ──（一〇八九九）臺北華江橋郵局第九九信箱
時報悅讀網 ── http://www.readingtimes.com.tw
電子郵件信箱 ── liter@readingtimes.com.tw
法律顧問 ── 理律法律事務所 陳長文律師、李念祖律師
印　　刷 ── 勁達印刷有限公司
初版一刷 ── 二〇二二年十一月二十五日
新臺幣 ── 三八〇元